AF302645

MARIE MEERBERG

ZIEMLICH KURZ VOR WEIHNACHTEN

Ganz alltäglicher Wahnsinn zur Adventszeit

Kurzgeschichten

Bibliografische Information der Deutschen Nationalbibliothek:

Die Deutsche Nationalbibliothek verzeichnet diese Publikation in der deutschen Nationalbibliografie, detaillierte bibliografische Daten sind im Internet über http://dnb.dnb.de abrufbar.

©2023 Marie Meerberg

Herstellung und Verlag: BoD - Books on Demand, Norderstedt

ISBN: 9783758312595

Weihnachten ist das Fest der Liebe,
der Friedfertigkeit, der Milde und der Harmonie.
Meistens.

Marie Meerberg

Zum Advent

Advent, Advent – ich bin bereit,

für Ruhe und Besinnlichkeit.

Wenn ein Termin den and'ren jagt

und man sich hektisch fragt,

muss das wirklich alles sein?

Ist meine Antwort: NEIN!

Ich setz mich hin und bin ganz still,

weil ich die Zeit genießen will.

©Marie Meerberg

Vorweihnachtsdiät

Am 20. November befand sich Fredo in einem vollkommen ratlosen Zustand. Was konnte er noch tun? Er hatte wirklich alles versucht. Nichts hatte geholfen. Der Zeiger der Waage blieb, wo er war. Am Anfang hatte er eine Pfannkuchendiät ausprobiert. Die fand er ausgesprochen lecker. Allerdings nur bis zum dritten Tag. Danach erfasste ihn eine große Übelkeit, wenn ihm der Geruch der runden Teigwaren in die Nase stieg. Er brach die Diät ab. Der Zeiger auf der Waage steckte weiter an gewohnter Stelle fest und bewegte sich kein bisschen nach rechts.

"Du bist mir einfach zu hager, mein Hase", nörgelte Charlotte herum. Das waren die ersten und einzigen Worte, die sie seit dem Morgen mit ihm gesprochen hatte. Ansonsten schwieg sie. Das fand er furchtbar. Er hasste ihr Schweigen. Es machte ihn fertig. Und erinnerte ihn an damals. An seine Mutter. Die hatte auch immer geschwiegen, wenn er nicht das machte, was sie wollte. Oder ihre Erwartungen nicht erfüllte.

Zweifel begannen an Fredo zu nagen. War es eigentlich gut für ihn, noch länger mit Charlotte zusammen zu bleiben? Die Gefahr, dass ihre Beziehung zerbrechnen könnte, begann größer und größer zu werden. Vor lauter Angst, irgendwann eine Entscheidung treffen zu müssen, hatte er sich immer häufiger in seiner Stammkneipe volllaufen lassen. Dort hörte man ihm wenigstens zu, wenn er etwas loswerden wollte. Und ab dem dritten Bier erzählte es sich am Besten. Zusätzlich war er bei Harry gewesen. Der vertickerte Hanf. Damit konnte sich Fredo wunderbar entspannen und in eine schöne heile Welt der Harmonie flüchten. Außerdem verschwanden seine Schmerzen im Nackenbereich, wenn er die getrockneten Blätter verrauchte. Leider ließ die Wirkung jedes Mal recht schnell nach.

Um Charlottes Quängeln abzustellen, hatte Fredo nach der Pfannkuchendiät sogar eine Tortendiät auf sich genommen. Immerhin gab es dabei wenigstens eine große Auswahl an Geschmacksrichtungen. Aber auch am fünften Tag nach Himbeer, Schwarzwälderkirsch-, Käse- und Eierlikörsahnetorte zeigte die Anzeige auf der Waage keine Veränderung. Er wog kein Gramm mehr. Sein Stoffwechsel funktionierte einfach zu gut und sein geliebtes Morgenjogging wirkte komplett kontraproduktiv in Sachen Zunehmen.

"Du bist mir einfach zu dünn. An einem Mann muss doch 'was dran sein", schimpfte Charlotte verächtlich. "Und geh' endlich zum Friseur mit deinen verwilderten Haaren. Wie sieht denn das aus? Du bist eine optische Zumutung!"

Fredo überlegte, ob das tatsächlich stimmte.

War ein Mann von 1,80 m mit 75 Kilo Gewicht und zu einem Zopf gebundenen Haaren eine optische Zumutung?

War eine Frau mit 1,66 m und 90 Kilo Gewicht ein Schönheitsideal? Noch dazu mit einer ausgewachsenen Dauerwelle in zwei Farben, weil der dunkelbraune Haaransatz das ehemalige Hellblond bereits zur Hälfte vertrieben hatte?

Wohl nicht.

Seine Tagesgedanken kamen auch in Fredos Träume. Und immer wieder tauchte das gleiche Wort darin auf. Arsen. Hatte das etwas zu bedeuten? Eines stand fest. Sein Kumpel Harry konnte fast alles besorgen. Ganz bestimmt auch Arsen. Nur - war es der richtige Weg?

Sollte er wirklich auf diese Art und Weise aus dem Leben scheiden, um endlich seine Ruhe zu haben?

Oder sollte er es lieber Charlotte verabreichen? Dann wäre er danach zumindest bestens versorgt, denn das Gift war gut nachweisbar und würde ihm einen langjährigen Aufenthalt im Knast einbringen. Mit Vollverpflegung.

Quatsch.

Fredo wischte seine fantasievollen Gedanken beiseite.

Eigentlich wusste er doch ganz genau, dass in seinem Leben zwar etwas grundlegend falsch lief, er selbst aber ziemlich ok war. Er hatte genug von Charlottes Nörgeleien. Ab sofort würde es keine Form von Diät mehr geben. Er war wie er war. Extrem schlank. Und er konnte nichts dafür, dass bei Charlotte die Waage bereits ausschlug, wenn sie eine Schokoladentafel nur ansah. Das war ihr Problem.

Er würde nicht mehr zulassen, dass sie ihren Frust an ihm ausließ. Ab heute kamen wieder Gemüse und eiweißhaltige Produkte auf den Tisch – auch zur Vorweihnachtszeit. Nur seine geliebten Weihnachtsplätzchen würde er in Kürze backen – und mit Genuss verspeisen.

Und wenn Charlotte ihn noch ein einziges Mal zu dünn nannte, würde er ihre Hand nehmen, sie zur Waage führen und sagen: "Schatz, im Verhältnis zu dir kann ich nur dünner sein. Nimm einfach ab, dann kommen wir uns wieder näher."

Weihnachtsüberfall

Sally sah verzückt auf den wunderschönen Adventskranz mit grünen Tannenzweigen und roten Kerzen, der vor ihr auf der Verkaufstheke stand. Anzünden durfte sie die erste Adventskerze nicht, das hatte der Chef aus Sicherheitsgründen verboten. Aber sie hatte eine Lichterkette mit kleiner Batterie dekorativ über dem gesamten Kranz verteilt, so dass er stimmungsvoll von goldweißen, klitzekleinen Lämpchen beleuchtet wurde.

Gerade als die Kirchturmuhr zweimal schlug, öffnete sich die Eingangstür des kleinen Schmuckladens, in dem Sally jetzt seit ein paar Jahren arbeitete und heute alleine Dienst hatte.

Eine Person mit roter Weihnachtsmütze, weißem Bart, roter Jacke, schwarzer Hose sowie glänzenden schwarzen Stiefeln trat ein. Sally dachte noch, dass sie irgendetwas an der Gesamterscheinung irritierte, da holte der Weihnachtsmann hastig etwas aus seinem Jutesack. Es war eine Pistole, die wie eine Smith & Wesson aussah. Außerdem hielt er Sally ein weißes Pappschild vor die Nase.

'Finger weg vom Alarmknopf, sonst drücke ich ab', stand darauf.

Gleich darauf zeigte er ein zweites Schild:

'Schmuck in den Sack'.

"Welcher Schmuck darf es denn sein?", fragte Sally nach einer kurzen Schrecksekunde und war leicht verwirrt. Die Weihnachtsmannforderung war nicht gerade präzise.

Die Person in Rot zeigte wortlos auf einen gläsernen Schaukasten mit teuren und dicken Goldketten.

"Nur das?", fragte Sally überrascht.

Der Kopf des Weihnachtsmannes bewegte sich von oben nach

unten. Er öffnete weit seinen Jutesack und hielt ihn Sally entgegen. Sie öffnete mit einem Spezialschlüssel, den sie mit einem Karabinerhaken an einer Gürtelschlaufe ihrer Jeans befestigt hatte, den mit zahlreichen Goldketten gefüllten Glaskasten. Dann griff sie alles zusammen, was sich darin befand und warf es in den Sack.

Nun zog der Weihnachtsmann ein weiteres Pappschild aus dem Sack: "Danke" leuchtete Sally in einem warmen Rot auf weißem Grund entgegen, bevor es wieder im Sack verschwand. Dann verließ der Schmuckdieb den Laden und hinterließ eine schockierte Sally, die sofort die Polizei anrief. Ihren Chef erreichte sie nicht.

"Da hamm' se aber janz schön Glück jehabt, wa? Die Diamantringe wollt' a nich mitnehmen", kommentierte ein rundlicher Polizist freundlich, als er mit einem Kollegen im Funkwagen vorgefahren war.

Das hatte Sally auch schon gedacht. Der Räuber hatte Goldketten im Wert von ungefähr 20.000 Euro gestohlen. Den Edelsteinschmuck, der ungefähr das Zehnfache wert war, wollte er offensichtlich nicht haben. Und für ein höfliches Danke war auch noch Zeit gewesen. Merkwürdig.

Erst am späten Abend, als die Polizisten sie schon längst vernommen hatten, fiel Sally ein, weshalb sie beim Anblick des

Weihnachtsmannes so irritiert gewesen war. Sie hatte es in der Aufregung des Überfalls und der auf sie einprasselnden Fragen der Polizisten vollkommen vergessen. Es waren die Augen des Weihnachtsmannes gewesen – nur die hatte sie unter der Mütze und dem weißen Bart erkennen können. Sie war sich ganz sicher, dass die Augen sie durch schwarz getuschte Wimpern angeschaut hatten. Und als die rot gekleidete Gestalt nach unten auf die gläserne Auslage blickte, meinte sie silberblaue Schminke auf den Augenlidern erkannt zu haben. Wenn sie das Ganze jetzt nochmal Revue passieren ließ, hatte da außerdem der schlankeste Weihnachtsmann vor ihr gestanden, den sie je gesehen hatte. Sally gähnte. Es war kurz vor Mitternacht. Es würde bestimmt reichen, wenn sie ihre Beobachtungen erst morgen bei der Polizeit zu Protokoll geben würde. Wen interessierten schon Kleinigkeiten.

Weihnachtsschwimmen

Als Virginia die schwarzen Schuhe, den roten Mantel, den weißen Bart und den Jutesack am Ufer der Krummen Lanke liegen sah, dachte sie sich zunächst nichts Besonderes dabei.

Es war Anfang Dezember, die ersten Weihnachtsmänner liefen

in Berlin über die zahlreichen Weihnachtsmärkte, um dort die passende Stimmung aufkommen zu lassen. Es lag durchaus im Bereich des Möglichen, dass einem von ihnen nach einer stärkeren Abkühlung gewesen war und er für ein Eisbaden diesen Ort ausgesucht hatte.

Virginia sah aufs Wasser, entdeckte aber keinen Kopf, der daraus hervorschaute.

Stattdessen näherten sich zwei Frauen, die in ein Gespräch vertieft waren, dessen Inhalt zu Virginia hinüberschallte.

"Jetzt will er bestimmt bald mit mir backen. Dabei weiß er ganz genau, dass dieses Süßzeug nicht gut für mich ist. Schau mich doch an. Unsere Waage habe ich in den Keller gebracht, weil ich diese ständig größer werdenden Zahlen darauf nicht mehr ertrage. Das Leben ist eben einfach nicht gerecht. Er isst den ganzen Tag und nimmt nicht ein Gramm zu", beschwerte sich eine der beiden Frauen, während beide an Virginia vorbeispazierten, ohne Notiz von ihr zu nehmen.

"Aber Charlotte, dafür kann Fredo doch nichts", sagte die andere.

"Aber er könnte auf mich Rücksicht nehmen und auf seine blöden Plätzchen verzichten. Wenn er mich wirklich lieben würde, ginge das," war sich die erste Frau sicher, während ihre Worte langsam in der Ferne verhallten.

Virginia sah ihnen nachdenklich hinterher und ließ ihren Blick dann wieder über den See schweifen. Noch immer kein Mensch zu sehen. Sie trat näher an den Kleiderhaufen. Dort lag ein kleiner Zettel zwischen den schwarzen Stiefeln. 'Zu verschenken' stand darauf'.

'Was hat denn das zu bedeuten', dachte Virginia. 'War hier ein überforderter Weihnachtsmann ins Wasser gegangen, weil er den Weihnachtsstress nicht ausgehalten hatte? Wohnte sie gerade einem Weihnachtsdrama bei?

Plötzlich blinkte unweit von ihr entfernt Blaulicht durch die Bäume.

Kurze Zeit später kamen zwei Polizisten an den See herunter. Direkt auf Virginia zu.

"Entschuldigung junge Frau. Ist ihnen in den letzten Minuten ein Weihnachtsmann begegnet?"

"Nein", antwortete Virginia wahrheitsgemäß.

"Oder sonst irgendjemand?"

"Ja. Zwei Frauen."

"Ein Mann aber nicht?"

"Nein. Warum?"

"Wir suchen einen Weihnachtsmann, der Schmuck im Wert von 20.000 Euro gestohlen hat. Sein leeres Fluchtauto steht oben an der Straße."

"Tut mir leid. Hier war niemand."

"Alles klar. Dann nichts für ungut."

Die Polizisten nickten Virginia kurz zu und liefen dann weiter am See entlang.

Als sie nicht mehr zu sehen waren, ging Virginia zu einem nahestehenden Baum und holte den Jutesack hervor, in den sie kurz zuvor hastig die Weihnachtsmannausstattung gestopft hatte.

Natürlich hätte sie den Polizisten von ihrem Fund erzählen können. Aber hätte sie es dann geschafft, ihre Entdeckung zu verschweigen? Als sie den Jutesack angehoben hatte, war nämlich etwas herausgefallen. Eine goldene Kette mit dicken Gliedern und Stempel am Verschluss. Die war garantiert 2.000 Euro wert. Und ein vollkommen gängiges Schmuckstück. Das würde sie problemlos beim Juwelier verkaufen und mit dem Erlös die in diesem Jahr extrem hohe Gasrechnung für ihre kleine Bäckerei begleichen können. Was für ein wunderbares Weihnachtsgeschenk.

Noch glücklich vor sich hin lächelnd sah Virginia plötzlich, wie jemand am anderen Ufer mit sehr muskulösen, breiten Schultern aus dem Wasser stieg. Das Rot eines Neoprenanzugs und einer Badekappe leuchtete über den See. Außerdem trug die Person eine sehr breite schwarze Bauchtasche um die Taille, die prall gefüllt schien.

'Na schau mal an', dachte Virginia, 'sollte das...'

Währenddessen verschwand der rote Neoprenanzug hinter einem dicken Baumstamm. Virginia sah nur noch ab und an eine Hand seitlich hervorlugen und sofort wieder verschwinden. Nach ein paar Minuten trat eine Gestalt mit grünem Parker, Jeans und Boots hinter dem Baum hervor, die sich die schwarze Bauchtasche lässig schräg über Schulter und Bauch gelegt hatte. Beim schnellen Davoneilen zog die Person die Badekappe vom Kopf und schüttelte ihre langen blonden Haare aus.

Virginia stand noch immer reglos am gleichen Ort und hielt das rote Weihnachtkostüm in ihren Händen, das nach einem Frauenparfum roch.

Nicht ohne meine Weihnachtsplätzchen

Fredo hatte die Schnauze voll. Genug war genug. Charlotte hatte seine Belastungsgrenze endgültig überschritten. Als er wie jedes Jahr vorschlug, am 1. Dezember Weihnachtsplätzchen zu backen, hatte sie ihn angesehen, als ob er ihr gerade eine

18

Reise ins Jenseits angeboten hätte.

"Du willst mich töten, was?", keifte sie. "Sollen hier jetzt auch noch deine Kekse herumstehen, die mich täglich verführen? Schlimm genug, dass du bereits Ende November fünf Packungen Dominosteine angeschleppt hast und nicht bis Weihnachten warten konntest."

Fredo wusste mal wieder nicht, was seine Frau wollte. Schließlich hatte er seine Lieblingssüßigkeiten *erst* Ende November gekauft – obwohl sie ihn bereits seit dem 31.August magisch angezogen hatten. Das war nämlich der Tag gewesen, an dem er - so wie in den letzten Jahren auch - erstmals große Mengen weihnachtlicher Spezialitäten im Eingangsbereich des Supermarktes entdeckt hatte.

Leider wusste Charlotte seinen heldenhaften Verzicht über mehrere Monate nicht im Mindesten zu würdigen.

Merkwürdig war außerdem, dass die von ihm am 23. November gekauften fünf Packungen mit Dominosteinen bereits am 26. November nicht mehr auffindbar waren. Für drei Packungen schloss er Diebstahl aus. Die hatte er selbst vertilgt.

Für das Verschwinden der beiden anderen gab es eigentlich nur zwei Erklärungen. Entweder hatte ein Einbruch ohne Spuren stattgefunden, bei dem nichts gestohlen worden war – bis auf zwei Packungen mit Dominosteinen.

Oder – und das war wahrscheinlicher – Charlotte hatte sie heimlich aufgefuttert. Innerhalb von zwei Tagen nach Kauf.

Weil sie sich einfach nicht beherrschen konnte, wenn ihr Süßigkeiten in die Quere kamen.

Dafür konnte Fredo aber nichts.

Ebenso war er schuldlos daran, dass Charlotte seit Monaten konitnuierlich zunahm und langsam die Dimension einer mittelgroßen Regentonne annahm, während er noch immer das gleiche Gewicht hatte wie zum Zeitpunkt ihres Kennenlernens.

Es störte ihn überhaupt nicht, dass Charlotte inzwischen stark übergewichtig war. Aber das glaubte sie ihm nicht. Stattdessen ließ sie permanent ihren Figurenfrust an ihm aus. Dass sie nun auch noch das Backen von Weihnachtsgebäcks störte, war der Gipfel. Er musste endlich ein Machtwort sprechen. So ging das nicht weiter.

Also eröffnete er seiner Frau mit fester Stimme: "Ich liebe Zitronenplätzchen, mein Schätzchen. Und ich werde sie backen - ob du willst oder nicht."

Charlotte sah Fredo zunächst überrascht an. Sie war es nicht gewohnt, dass er ihr Paroli bot. Aber dann verfinsterte sich ihre Miene wieder.

"Nur über meine Leiche", zischte sie.

Ganz wie du willst, dachte Fredo.

Sein Freund Harry konnte ihm fast alles besorgen. Bestimmt wäre auch etwas darunter, womit er Charlottes Wunsch erfüllen könnte.

Bei einem kurzen Telefonat versprach Harry: "Kein Problem. Ich bringe dir deine Bestellung morgen vorbei."

Perfekt. Fredo nahm den Hausschlüssel vom Haken und ging einkaufen. Fünf neue Packungen Dominosteine und einen Riegel Edelbittercouvertüre.

Am nächsten Tag bekam er von Harry eine kleine Dose mit weißem Pulver.

Fredo ging in die Küche, nahm ein Messer, halbierte vier Dominosteine, streute auf die eine Hälfte das weiße Zeug, das wie Puderzucker aussah und klappte dann die andere Hälfte wieder drauf.

Anschließend baute er auf einem Weihnachtsteller einen dekorativ aussehenden Turm aus dunkelbraunen Schokoladenwürfeln. Den vier obersten Würfeln sah man ihre Teilung nicht mehr an, weil er sie und alle anderen in geschmolzene Edelbittercouvertüre getaucht hatte. Fredo betrachtete zufrieden sein Kunstwerk, nahm dann auf seinem Sessel im Wohnzimmer Platz und wartete.

Kurz darauf kam Charlotte von der Arbeit nach Hause. Er hörte, wie sie in die Küche ging. Ein paar Minuten später stand sie kauend im Türrahmen und nörgelte mit vollem Mund: "Was bedeuten die beiden Butterpackungen und das Mehl neben dem Kühlschrank? Muss ich jetzt etwa doch noch Plätzchen mit dir backen?"

"Aber nein, mein Schätzchen", lächelte Fredo, denn er sah einen dunklen Schokoladenkrümel an Charlottes Mundwinkel kleben. "Keine Sorge. Das bleibt dir für immer erspart."

Und die Moral von der Geschicht:

Lasse deine Laune nicht

aus an deinem Mann,

weil das böse enden kann.

Am Tag vor Nikolaus

Lilly kommt ausgepowert von der Arbeit nach Hause, lässt sich mit der Fernbedienung auf die Couch fallen und drückt auf 'on', um einfach nur auf die bewegten Bilder in diesem silber umrahmten großen Rechteck vor ihr starren zu dürfen. Es entspannt sie, denn für diesen passiven Genuss braucht sie keinen Finger zu rühren. Jedenfalls wenn das Programm einigermaßen ordentlich ist. Sonst muss Lilly es wechseln und dabei mit besagtem Finger einen Knopf antippen.

Gerade ist es ihr fast egal, was in der Kiste läuft Hauptsache, sie muss nix mehr machen. Sie ist mal wieder vollkommen geschafft vom Bürotag. Der fordert sie schon grundsätzlich. Heute aber war es ganz besonders schlimm. Wegen des Datums. Fünfter Dezember. Da mussten im Büro besondere Aufgaben erledigt werden. Und zwar heimlich. Was wiederum ein hohes Maß an Logistik und guter Übersicht erfordert. Besonders wichtig war dabei zu wissen, wie lange ihre Kollegen an diesem Tag im Büro bleiben würden. Außerdem brauchte Lilly einen Zentralschlüssel für das ganze Haus. Da hiervon nicht allzu viele existieren, war es wichtig, sehr geschickt vorzugehen. Eine wirkliche Herausforderung.

Während sie innerlich grinsend darüber nachdenkt, wem sie

zu später Stunde auf den Fluren begegnet war und der Stress des Tages langsam von ihr abfällt, kommt Lillys zwanzigjähriger Sohn ins Wohnzimmer geschlendert. Er geht in die offene Küche und hantiert an der Spüle herum. Dann setzt er sich direkt ihr gegenüber auf einen Hocker. Seine linke Hand steckt in einem Turnschuh. Aus dem Augenwinkel sieht Lilly, wie er diesen mit dem Küchenschwamm bearbeitet. Der eindeutig für Gläser, Teller, Messer vorgesehen ist - kurz für Dinge, die als Esswerkzeuge dienen und dementsprechend keimfrei bleiben sollen.

Während sich Lillys träge Gedanken langsam zu einer mütterlichen Abmahnung sortieren, schiebt sich ihr Sohn mit dem Hocker noch weiter in ihr flimmerndes Seriensichtfeld. Lilly kann dadurch nur noch den rechten Part eines sich auf dem Fernsehbildschirm entwickelnden Dialogdramas erkennen. Der Turnschuh, der übrigens aus Stoff besteht, wird nun direkt vor ihrer Nase geschrubbt. Lillys Lippen formen sich, um mit leicht unwirschem Unterton folgende Worte hindurchzulassen:

"Sag mal, geht's noch?", wendet sie sich an den Schuhputzer, "warum säuberst du deine Botten mitten im Wohnzimmer auf dem Teppich? Noch dazu mit dem guten Küchenschwamm?"

Ihr Sohn schaut Lilly mit einem Blick an, den sie nicht so recht

24

deuten kann. Es ist eine Mischung aus völliger Verständnislosigkeit und leichter Amüsiertheit. Dann grinst er auch noch. Sie findet das ziemlich unverschämt und schimpft: "Also wirklich - das kann doch nicht dein Ernst sein. Geh bitte auf die Terrasse! Und schmeiß den Schwamm weg! Den kann man jetzt auf keinen Fall mehr für Geschirr benutzen."

Ihr Sohn verdreht die Augen.

"Bist du gestresst?", fragt er.

Gerade als Lilly mit passenden Worten antworten will, klingelt das Telefon. Es ist ihr Mann. Er will einen Termin mit ihr klären und fragt dann, wie Lillys Tag so gewesen ist.

"Viel los", antwortet sie. "Und dann auch noch diese Vorbereitungen im Büro. Wegen morgen."

"Ach - stimmt ja", antwortete ihr Mann. "Und? Hast du schon deine unzähligen Schuhe geputzt, die sich in unserem Schrank stapeln?"

Lilly stutzt.

Schuhe?

Putzen?

Ihr Blick wandert zu ihrem Sohn hinüber. Wollte er sie mit seiner Schwammaktion gerade auf etwas hinweisen? Quasi mit dem großen Vorschlaghammer?

"Neee. Brauche ich nicht,", erwidert Lilly dann ihrem Mann.

"Der Nikolaus kommt ja nur zu den kleinen Kindern, nicht wahr?"

Sie verabschieden sich und legen auf.

Lillys zwanzigjähriger Sohn sieht sie nachdenklich an, springt auf und marschiert wieder in die Küche.

"Wir haben nicht mehr viel im Kühlschrank", stellt er dann fest.

"Soll ich mal schnell zu Edeka rüberlaufen und was kaufen?"

"Gerne", antwortet Lilly gleichzeitig überrascht und erfreut.

"Ich glaube übrigens, dass der Nikolaus auch zu den großen Kindern kommt", lässt ihr Sohn sie noch wissen , bevor er das Haus verlässt.

Ein Lächeln zieht sich über Lillys Gesicht. Sie ist sehr gespannt.

Mit ein bisschen Glück wird sie am nächsten Morgen etwas in ihren noch zu putzenden Stiefeln vorfinden.

Und natürlich werden auch die sorgfältig gereinigten Turnschuhe ihrer beiden erwachsenen Söhne vom Nikolaus befüllt werden. Oder von der Nikoline.

Das Adventsverhältnis

Es war der dreiundzwanzigste Dezember.

Nicoletta Engel hoffte, dass sie den Mann wieder am gewohnten Platz vorfinden würde.

Sie traf ihn seit mehr als drei Wochen.

Nein. Er war nicht ihr Ehemann. Der hieß Niklas und befand sich zur Zeit durchgehend im Homeoffice. Sie selbst arbeitete ebenfalls viel von zu Hause aus. Aber an Dienstagen und Donnerstagen musste sie ins Büro, um Akten auszutauschen.

Das waren die Tage, an denen sie ihr Date mit dem anderen Mann hatte. Er war ihr kleines Adventsgeheimnis. Sie hatte niemandem davon erzählt. Denn wenn sich das herum sprach, würde sie nicht mehr mit dem Mann alleine sein können. Morgens um 6.10 Uhr. In Windeseile würden sich dann auch andere für ihn interessieren. Das wusste Nicoletta genau.

Am ersten Dezember war sie dem Mann zum ersten Mal begegnet. Seit dem wartete sie immer zur gleichen Zeit am gleichen Ort auf ihn.

Er sah ziemlich gut aus mit seinen blauen Augen und hatte eine stattliche Größe. Unter seiner roten Jacke zeichnete sich ein muskulöser Körper ab. Er trug stets eine eng anliegende schwarze Hose und schwarze Stiefel. Einen Bart hatte er auch.

Müde sah er aus. Aber wer war schon morgens um 6.10 Uhr fit wie ein Turnschuh. Nicoletta jedenfalls nicht.

Bei ihrer allerersten Begegnung, hatte der Mann sie angesehen, gelächelt und den Daumen gehoben, bevor er in seinen kleinen weißen Lieferwagen mit der roten Schrift gestiegen war. Sie hatte kaum gewagt zu glauben, was dann passierte.

Als Nicoletta an diesem Tag nach ihrer sehr zufriedenstellenden Ankunft ihr Bürozimmer mit dem kleinen beleuchteten Weihnachtsbäumchen betrat, lag ein entspanntes Lächeln auf ihrem Gesicht. Was für ein wunderbarer Dezembermorgen war das gewesen, dachte sie. Hoffentlich würden ihm noch viele folgen.

Und so war es dann tatsächlich.

Im Laufe der nächsten Wochen entwickelte sich ein regelmäßiges Ritual zwischen ihr und dem Mann mit der roten Jacke. Es war, als ob sich pünktlich um 6.10 Uhr ein Adventskalendertürchen für Nicoletta öffnete, wenn sie an Dienstagen und Donnerstagen den üblichen Treffpunkt erreichte. Manchmal saß der Mann schon im Auto und wartete auf sie. Ab und an rannte er ihr entgegen. Sie warf ihm dann eine Kusshand zu und betrachtete ihn, wie er mit seiner sportlichen Figur vor ihren Augen die Tür zu seinem Fahrzeug öffnete und sich darin niederließ. Was für ein toller Typ. Noch dazu einer, der ihr gab, was sie brauchte. Sie wollte diesen Mann auf keinen Fall mehr missen.

Ihrem Ehemann Niklas erzählte sie weiterhin nichts von ihrem Geheimnis. Er brauchte ja nicht alles zu wissen. Außerdem war die Vorweihnachtszeit, die ihnen gemeinsam blieb, viel zu knapp, um sie mit Unwichtigkeiten zu füllen. Und überhaupt - was sich in den frühen Morgenstunden von Nicolettas Bürotagen abspielte, interessierte ihren vielbeschäftigten Mann vermutlich wenig.

Am 23. Dezember war nun Nicolettas letzter Arbeitstag vor ihrem Weihnachtsurlaub.

Als sie nahe ihrem Büro in der wie immer komplett zugeparkten Straße ankam, war etwas anders als sonst. Sie bemerkte es sofort. Das nun schon so vertraute weiße Fahrzeug stand nicht an der üblichen Stelle. Stattdessen befand sich dort ein dunkelblauer Kombi.

Wo war der Mann, der ihr bisher die Dezemberbürotage versüßt hatte?

Sie blieb in zweiter Spur stehen, weil es weit und breit keine Parklücke gab und blickte sich um. Nirgends war der kleine Lieferwagen mit der roten Schrift zu sehen. Sie seufzte. Das hatte sie von Anfang an befürchtet. So eine Beziehung würde nicht lange funktionieren. Das, was sich zwischen ihr und dem

Mann mit der roten Jacke entwickelt hatte, würde kaum ewig andauern. Es war naiv von ihr gewesen, das zu glauben. Tief in ihrem Herzen hatte sie gewusst, dass es von heute auf morgen vorbei sein könnte.

Aber nun fühlte sich der Verlust doch schlimmer an als gedacht. Der Mann mit der schwarzen Hose und den Stiefeln erschien nicht - und schon war es kein guter Morgen mehr. Sie hatten natürlich keine Telefonnummern ausgetauscht. Wozu? Es hatte gereicht, dass er da war, wenn sie eintraf. Das war vollkommen ausreichend gewesen.

Sie überlegte. Warum hatte der Mann sie bloß versetzt?

Vielleicht lag er mit Corona flach.

Oder er war verreist.

Oder umgezogen.

Oder jemand war ihr in die Quere gekommen.

Es gab da mehrere Kolleginnen, die kamen genauso früh ins Büro wie sie selbst. Vielleicht war eine von ihnen kurz vor Nicoletta mit ihrem dunkelblauen Kombi vorgefahren und hatte sich ihn geschnappt. Diesen wunderbaren, nur zwanzig Meter vom Büro entfernt liegenden PARKPLATZ. Den hatte der Mann mit der roten Jacke und der guten Figur jeden Dienstag- und Donnerstagmorgen für Nicoletta frei gemacht und ihr dadurch eine entspannte Adventszeit beschert.

Der Adventskalender

Eine Geschichte in E-Mails

30. November

Sehr geehrte Damen und Herren vom Tschobi-Kundenservice,

ich habe heute in einem Edoku-Markt ein Adventskalender-Bastel-Set von Tschobi für 12,99 Euro gekauft, in dem statt der versprochenen 24 Beutel nur 20 waren.

Auch wenn ich natürlich recht spät dran bin, ist es sehr ärgerlich, dass vier Beutel fehlen, denn morgen ist der 01. Dezember – auf die richtige Anzahl sollte man eigentlich vertrauen können. Wenn Sie mir bitte die fehlenden Beutel so schnell wie möglich zuschicken würden.

Mit freundlichen Grüßen
Constanze Stern
Sonnenallee 999
12437 Berlin

01. Dezember, 10.29 Uhr

Sehr geehrte Frau Stern,

vielen Dank für Ihre E-Mail.

Damit wir Ihr Anliegen vollständig bearbeiten können, bitten wir Sie, uns Ihre vollständige Anschrift und Kundennummer mitzuteilen.

Wir freuen uns auf Ihre Rückmeldung!

Mit freundlichen Grüßen
Markus Lässig vom Tschobi Kundenservice

01. Dezember, 11.45 Uhr

Sehr geehrter Herr Lässig,

wie gesagt, ich habe den Adventskalender bei Edoku gekauft. Da braucht man keine Kundennummer, deshalb habe ich auch keine. Meine vollständige Adresse stand bereits in meiner vorhergehenden Mail, schauen Sie einfach weiter unten.

Ich bin gelinde gesagt leicht irritiert. Natürlich kann es

passieren, dass versehentlich nur 20 statt 24 Tütchen in ein Adventskalenderbastelset gepackt werden.

Aber es wäre doch schön, wenn der Fehler so schnell wie möglich behoben würde, oder?

Können Sie mir bitte nun endlich meine fehlenden Tütchen zuschicken?

Mit freundlichem Gruß
Constanze Stern

02. Dezember, 12.50 Uhr

Sehr geehrte Frau Stern,

vielen Dank für Ihre Nachricht.

Sie teilen uns mit, dass das Adventskalender Bastel-Set, welches Sie im einem Edoku Markt erworben haben, nicht vollständig ist. Dies bedauere ich sehr.

Da Sie den Artikel jedoch in einem Edoku Markt erworben haben, bitte ich Sie, sich wegen des Artikels auch an diesen zu wenden.

Ich hoffe, ich konnte Ihnen mit dieser Information weiterhelfen und bin bei weiteren Fragen gerne wieder für Sie da.

Mit freundlichen Grüßen
Michael Kurz vom Tschobi Kundenservice

02. Dezember, 13.00 Uhr

Sehr geehrter Herr Kurz,

meine Irritationen verstärken sich und gehen in Richtung Fassungslosigkeit. Leider können Sie mir mit Ihrer Information ÜBERHAUPT NICHT weiterhelfen.

Wenn Sie mir bitte erklären würden, was ein Edoku-Markt dafür kann, dass eine ZUGESCHWEISSTE Adventsbastelpackung von Tschobi nicht vollständig ist?

Bitte finden Sie eine Lösung für mein Problem.

Alternativ werde ich diesen Schriftverkehr an meine Freunde, Bekannten und Verwandten weiterleiten – vielleicht fällt denen eine ein. Ich schicke sie Ihnen dann.

Mit freundlichem Gruß
Constanze Stern

03. Dezember, 15:39 Uhr

Sehr geehrte Frau Stern,

vielen Dank das Sie sich nochmals an uns gewandt haben.

Dass der Kalender unvollständig ist, ist ärgerlich. Ich bin auch Mutter, das kann ich verstehen.

Dann mit Standard-Mails abgespeist zu werden, hilft nicht wirklich weiter.

In der Kürze der Zeit, war für die Kollegen das Angebot des Umtausches bei Edoku der einzig schnelle Weg einer Lösung.

Gerne möchte ich Ihnen folgende Vorschläge machen.

Sie gehen mit dem Kassenbon zu Edoku und tauschen das Bastel-Set um oder Sie schicken uns den Kassenbeleg und den Artikel zurück, und wir erstatten Ihnen den Kaufpreis in Form eines Verrechnungsschecks.

Gerne hätte ich Ihnen die fehlenden Tüten nachgeschickt, leider ist das bei uns kein Ersatzteil.

Sehr geehrte Frau Stern, bitte lassen Sie mich wissen wie Sie sich entscheiden.

Mit freundlichen Grüßen
Anuschka Harmonik vom Tschobi Kundenservice

03. Dezember, 15.55 Uhr

Sehr geehrte Frau Harmonik,

basteln Sie als Mutter auch einen Adventskalender für Ihre Kinder? Ist es vielleicht sogar der von Tschobi? Wir haben heute den 03. Dezember – bei uns stehen die Tütchen natürlich schon dekorativ im Wohnzimmer, drei wurden bereits von meinen Söhnen geöffnet. Ich habe lediglich die letzten vier weggelassen, weil sie FEHLEN.

Umtauschen kann ich das Ganze nicht mehr. Soll ich die bereits gefüllten Tütchen wieder auspacken? Außerdem sind die gelocht, damit ich sie zubinden konnte, anstatt sie zuzukleben. Weil ich den Kalender im Zeitalter der Nachhaltigkeit nächstes Jahr noch einmal verwenden möchte. Da würden dann übrigens wieder vier Tütchen fehlen.

Grundsätzlich brauche ich auch gar kein komplettes Ersatzprodukt. Mir würden einfach VIER TÜTCHEN reichen.

Oder soll ich leere Kaffeepackungen aus Ihrem Hause als Ersatz verwenden? Immerhin sind die goldfarben, das hat eine weihnachtliche Ausstrahlung.

Haben Sie vielleicht noch andere Ideen?

Ich freue mich auf Ihre Vorschläge und wünsche Ihnen eine

besinnliche Weihnachtszeit

Mit freundlichen Grüßen

Constanze Stern

04. Dezember, 14.32 Uhr

Sehr geehrte Frau Stern,

vielen Dank für Ihre netten Weihnachtswünsche.

Gerne habe ich heute eine Geschenkkarte im Wert von zehn Euro mit einem kurzen Anschreiben in die Post getan.

Ich hoffe, dass Sie etwas Schönes dafür finden, und uns Ihr Vertrauen wieder schenken.

Sehr geehrte Frau Stern, ich wünsche Ihnen und Ihrer Familie ebenfalls eine schöne und besinnliche Weihnachtszeit.

Mit freundlichen Grüßen

Anuschka Harmonik vom Tschobi Kundenservice

07. Dezember, 17.00 Uhr

Sehr geehrte Frau Harmonik,

Ihre Geschenkkarte von 10,00 Euro ist heute angekommen, vielen Dank.

Vollständig wird der Kalender dadurch leider noch immer nicht und für einen Neukauf würde Ihr Gutschriftsbetrag nicht ausreichen. Das geht aber ohnehin nicht mehr, weil das Bastelset bei Edoku ausverkauft ist. Ich war schon da.

Sie scheinen auch keins mehr zu haben, sonst hätten sie mir bestimmt eines zugeschickt, nicht wahr?

Aber ich habe eine andere Lösung gefunden und einen vorweihnachtlichen Tip für Sie. Vorgestern war ich bei diesem freundlichen schwedischen Möbelhaus – sie wissen schon...

Und was soll ich Ihnen sagen? Die haben Geschenktütchen, die denen vom Tschobi-Adventskalender zum Verwechseln ähnlich sehen. Zwölf Stück für ganze neunundneunzig Cent.

Falls es also weitere Beschwerden geben sollte: dort können Sie preiswert Ersatzteile erwerben und dann zusenden.

Mit freundlichen und friedlichen Adventsgrüßen
Constanze Stern

Anders als gedacht

"Schatz?" ruft mein Mann beim Heimkommen aus dem Erdgeschoss.

"Ja?", antworte ich ihm aus dem ersten Stock unseres Reihenhauses.

"Wir hatten doch das mit den Kerzen vereinbart, nicht wahr?"

"Was denn?"

"Wir lassen keine Kerzen brennen, wenn wir das Zimmer verlassen."

"Ja."

"Naja..."

"Was denn?"

"Hier unten brennen Kerzen und du bist im ersten Stock."

"Ja."

"Wie – ja?"

"Versuche mal, sie auszupusten."

Nach einem kurzen Moment ertönt ein "ach so" von meinem Mann und dann ein "das ist auf den ersten Blick aber nicht zu erkennen".

Das stimmt. Ich hatte mir vier dicke weiße Kerzen aus Echtwachs gkauft, deren Lichter leuchten und flackern. Sie sehen wirklich täuschend echt aus. Aber sie sind batteriebetrieben und daher zimmerverlassfreundlich.

Manchmal muss man eben sehr genau hinsehen, wenn man nicht zu falschen Ergebnissen kommen möchte.

Neulich ist mir das auch passiert.

Da stand ich im Erdgeschoss unseres Hauses am Küchenfenster und trank mein tägliches Glas Leitungswasser mit dem Saft einer ausgepressten Zitrone. Tiefenentspannt blickte ich hinaus auf unsere Siedlungsstraße. Sie führt auf eine Häuserfront zu und trifft dort auf eine kleine Querstraße. Genau am Kreuzungspunkt, in etwa hundertfünfzig Metern Entfernung von mir, sah ich einen korpulenten Mann mit roter Jacke, roter Mütze, weißer Bommel, roter Hose, schwarzen Stiefeln und einem riesigen braunen Rucksack auf dem Rücken. Er stand nach rechts gerichtet und bewegte sich nicht.

Das war ungewöhnlich, denn normalerweise liefen die Menschen an dieser Stelle von links nach rechts oder von rechts nach links. Mal alleine, mal mit Kind, auch mit Hund. Aber sie blieben sehr selten stehen. Außerdem sahen sie nicht aus wie ein Weihnachtsmann. Der bewegte sich gerade leicht. Schwankte er? War er vielleicht schon in der kleinen Kneipe gewesen, die sich nur wenige Meter entfernt befand? Auch Weihnachtsmänner brauchten ja manchmal eine Pause.

Durch die Bewegung des Mannes veränderte sich auch die

40

Haltung seines Handgelenks.

Plötzlich schien das Licht eines Displays zu mir hinüber. Offensichtlich hielt er ein Handy in seiner Hand. Sein Blick wanderte vom Display hinunter zum Boden.

Da lag irgend etwas an der Hauswand. Es sah aus, wie ein kleiner, runder Haufen. Der Weihnachtsmann schien ihn fotografieren zu wollen. Was machte der da bloß? Er verhielt sich verdächtig. Vielleicht lief da was Illegales? Es gab garantiert auch kriminelle Weihnachtsmänner. Wurde ich gerade Zeugin eines Weihnachtsverbrechens? Leider konnte ich von meinem Küchenfenster aus beim besten Willen nicht erkennen, was da neben dem Mann mit der roten Mütze auf dem Boden lag. Es sah wie eine kleine Kabeltrommel aus. Meine Güte, beobachtete ich da einen verkleideten Irren, der soeben eine Zündschnur verlegte und sein Handy programmierte, das in Kürze eine Explosion auslösen sollte? Natürlich erst, wenn er weg war?

"Du und deine blühende Phantasie", sagte meine Freundin Maggie ein paar Tage später, als ich ihr von meiner merkwürdigen Beobachtung erzählte. "Es kommt noch soweit, dass du bei einer Ameise, die sich in euer Wohnzimmer verirrt, eine eingeschleuste russische Agentin mit Microkamera vermutest, die deine Brotrezepte ausspionieren will."

Naja - also im Zeitalter der modernen Technik halte ich nichts für unmöglich. Und meine Brotrezepte sind wirklich lecker. Wer weiß, ob sie nicht irgendwann internationales Interesse erregen. Und überhaupt. Maggie hatte ja nicht am Küchenfenster stehen und die Situation blitzschnell analysieren müssen.

Ich hingegen hatte die Vision, in Kürze von der Polizei vernommen zu werden. "Wie sah denn der Mann aus, der das Haus gegenüber in die Luft gesprengt hat?", würde mich ein Polizist zunächst sachlich fragen, um dann nach meiner Antwort ein ungläubiges "Was? Wie der Weihnachtsmann? Also, junge Frau, ich bitte sie..." von sich zu geben.

Mitten in meine Küchenfenstergedanken hinein drehte sich die 150 m entfernte Gestalt nach links um und ging einen Schritt nach rechts zur Seite. Nun war der kleine runde Haufen nicht mehr zu sehen. Dafür kam links neben dem Mann etwas zum Vorschein, was bisher von seinem rotgekleideten Körper verdeckt worden war. Ich erkannte ein senkrechtes Rohr mit Querstange, an der zwei Handgriffe befestigt waren. Im nächsten Moment nahm der Weihnachtsmann den Lenker in beide Hände und fuhr mit dem Roller davon. Der runde Haufen war das kleine Rückrad.

Es ist eben schon sehr lange her, dass die Geschenke mit einem von Rentieren gezogenen Schlitten gebracht wurden.

Heute kommt der Weihnachtsmann mit dem E-Roller und hat

eine App auf dem Smartphone, um ihn in Betrieb zu nehmen.

Und die Moral von der Geschicht:

So wie es aussieht, ist es manchmal nicht.

Hast du ein merkwürdiges Erlebnis,

prüfe erstmal dein gedankliches Ergebnis.

Oft ist ein zweiter Blick sehr wichtig,

erst dann erkennt man Dinge richtig.

Die Weihnachtspyramide

Die Adventszeit brachte neue Erkenntnisse.

Zunächst mir selbst.

Ich gehöre zu den Menschen, die kurz vor Weihnachten geboren wurden und hatte meine Familie anlässlich dieses Ereignisses am dritten Advetssonntag zu Gänsekeulen, Rotkohl, Grünkohl und Klößen eingeladen. Meine Mutter erzählte dabei von ihrem erst vor kurzem angeschafften neuen Geschirrspüler. Wir stellten fest, dass er unserem Modell, das wir bereits seit etwa zwei Jahren – also schon recht lange - hatten, sehr ähnlich war. Beim Einräumen der Teller bemerkte mein Vater, dass der obere Korb sehr dicht unter der Decke des Spülers hänge.

"Ja, ja – das nervt etwas", bestätigte ich. "Große Gläser muss man leider in den unteren Korb stellen, die stoßen sonst oben an."

"Wieso verstellst du den Abstand nicht?", fragte mein Vater.

Ich sah ihn mit großen Augen an.

"Verstellen?"

"Da gibt es so kleine Hebel...".

Meine Augen wurden noch größer.

"Hebel?"

Ich fand es wirklich total toll, dass mir mein Vater diese kleinen Hebel nach zwei Jahren Geschirrspülerbesitz vorstellte. Sie hatten sich bis zu diesem Zeitpunkt unauffällig rechts und links neben dem Korb befunden und ihre phantastische Funktion erfolgreich vor mir versteckt. Dank meiner neuen Erkenntnis kann ich nun auch große Gläser rückenfreundlich einräumen.

Manchmal dauert es halt ein bisschen, bevor man weiß, wie Dinge funktionieren. Manchmal ist es aber auch schon zu spät, wenn man davon erfährt.

So erging es Wolfgang mit seiner Weihnachtspyramide.

Er hatte sie zum Schrottwichteln mitgebracht. Schrottwichteln ist extrem entlastend. Man kann wunderbar den Keller entrümpeln und Dinge, die man nicht mehr braucht, beim Würfelspiel mit anderen Menschen, die auch ihren Keller entrümpelt haben, loswerden.

Wichtig ist dabei, dass man möglichst weniger mit nach Hause nimmt, als man mitbringt. Und natürlich sollte das Tauschgut nicht noch schrecklicher aussehen als das eigene. Aus diesem Grund sind beim Schrottwichteln immer alle sehr aufgeregt, weil jeder einen guten Tausch machen möchte.

Wolfgang wollte das auch. Er hatte eine Pyramide in seinem Keller gefunden. Das wusste aber zunächst niemand, denn die mitgebrachten Geschenke wurden unter größter

Geheimhaltung gesammelt und niemand verriet etwas.

Wolfgangs Pyramide sah wunderschön aus. Erzgebirgsstil mit einer Höhe von etwa fünfzig Zentimetern. Aus Holz, mit Einlässen für vier Kerzen, und vier kleinen, quadratisch angeordneten Holzfiguren, die schwarze Kleidung und kleine Büchlein in ihren Händen trugen.

Leider war das Flügelrad der Pyramide leicht angesengt und drehte auch etwas schwergängig. Trotzdem war das aus mehreren Etagen bestehende Holzkunstwerk ein sehr begehrtes Objekt beim Schrottwichteln und wechselte bei entsprechenden Würfelzahlen oft den Besitzer. Schließlich landete das Prachtstück bei Margarete, die es glücklich einpackte und mit nach Hause nahm.

Als die Schrottwichtelgemeinschaft nach Weihnachten wieder zusammen kam, erzählte Margarete, wie begeistert ihre Enkelin über die schöne Pyramide gewesen sei, deren Flügel sich nun auch wieder drehen würden.

"Wir haben einfach vier Kerzen reingesteckt und den Aufsatz vom Flügelrad etwas zurechtgebogen. Da lief es wie geschmiert. Sagt mal, hat der oder die Pyramidenmitbringer*in vielleicht mal versehentlich nicht alle Kerzen angezündet? Ich meine, weil der eine Flügel angesengt war?", fragte Margarete in die Runde.

"Na klar", antwortete Wolfgang – und verriet damit, wer das gute Stück mitgebracht hatte.

"Macht man doch so. Am ersten Advent zündet man eine an, am zweiten Advent zwei, und so weiter – oder?"

Wie gesagt. Manchmal kommen wichtige Hinweise zu spät. Die schöne Pyramide befand sich nicht mehr in Wolfgangs Besitz. Sonst hätte er ab sofort alle vier Kerzen anzünden und das Flügelrad in gleichmäßige Bewegung versetzen können.

Aber wer weiß.

Vielleicht bringt Margarethe die Pyramide beim nächsten Schrottwichteln wieder mit. Fraglich wäre dann allerdings, ob Wolfgang sie noch zurück haben möchte. Ihr fehlen nämlich inzwischen die vier Holzmännchen mit den schwarzen Gesangsbüchern.

"Ach wisst ihr, meine Enkelin Emilia fand die so hübsch und hat alle herausgebrochen", erzählte uns Margarethe schmunzelnd. "Sie wollte die Holzfiguren gerne zum Spielen mitnehmen. Dafür hat sie ihre kleinen Bauernhoftiere aus Plastik dagelassen. Nun drehen sich ein Huhn, eine Kuh, ein Schwein und ein Pferd im Kreis."

Es ist doch bald Weihnachten

Endlich Feierabend. Als ich aus dem Bürogebäude auf die Straße trete, ist es bereits dunkel und es fallen Schneeflocken vom Himmel. Wie schön, dass es sie trotz des Klimawandels noch gibt. Am ersten Dezember. Wenn das erste Türchen im Adventskalender geöffnet werden darf. Bei mir befand sich heute ein leckerer Schokoladentrüffel dahinter.

Ich laufe beschwingt zu meinem 400 m entfernt stehenden Fahrzeug. Die abartige Parkplatzsituation in dieser Gegend verhilft allen Autofahrern zu mehr Bewegung.

Mein beschwingtes Walken überträgt sich auf meine Blase. Sie schwingt notgedrungen mit und gibt mir durch ein eindringliches Drücken deutlich zu verstehen, dass sie gerne schon vor zehn Minuten geleert worden wäre. Aber ich werde ja bald zu Hause sein.

Endlich steht mein Auto vor mir. Einsteigen und los geht's. Von der Ziegrastraße muss ich nach links in die Sonnenallee abbiegen. Leider ist die Ampel aktuell abgestellt und die Straße nicht gut einsehbar. Als endlich von links keine Autos mehr kommen, fahre ich dem Wagen vor mir hinterher bis zur Straßenmitte und schaue nach rechts. Mist, da nähern sich noch ein Paar Scheinwerfer, die ich kurz zuvor nicht gesehen habe.

Mein Vordermann bremst.

Ich auch.

Leider eine Zehntelsekunde später als er.

Ich höre ein recht unschönes, schrammendes Geräusch und spüre einen leichten Aufprall. Verflixte Kiste. Ich habe einen silbernen Golf gerammt.

Er fährt mit mir an den Straßenrand, wir stellen die Warnblinkanlagen an. Ein Mann steigt aus, außerdem eine Frau mit einem kleinen Kind an der Hand. Keinem von uns ist etwas passiert. Gott sei Dank.

"Es tut mir furchtbar leid. Ich habe zu spät gebremst", entschuldige ich mich und schaue mir die rechte hintere Stoßstange des anderen Wagens an. Diverse rote Schrammen auf silbernem Untergrund passen leider ohne jeden Zweifel zu den silbernen auf meiner roten linken Stoßstangenvorderseite und können nicht als Belanglosigkeit abgetan werden.

Mir fällt die gerade erst vor einer Woche eingetroffene Rechnung der Kfz-Versicherung ein. Mein Mann und ich hatten uns gegenseitig beglückwünscht, dass wir seit vielen Jahren unfallfrei fahren und inzwischen entsprechend niedrig eingestuft werden. Das war wohl ein bisschen voreilig gewesen.

"Ich muss die Polizei rufen", sagt der sympatisch wirkende Fahrer des Golfs.

"Das verstehe ich", und meine es auch so. Gleichzeitig bin ich bemüht, meine Blase zu beschwichtigen, die sich stark drückend beschwert, dass wir noch in der Kälte stehen. Sie will dringend nach Hause. Ich auch.

"Können sie mir ein Taxi bestellen? Ich kann mit den Kindern nicht so lange warten. Der Kleine hier ist krank", fragt mich die Frau. Auch das noch. Es stellt sich heraus, dass sie die junggebliebene Oma zweier Enkel ist. Der andere sitzt wartend im Auto.

Ich rufe den Dreien ein Taxi. Herr Lass informiert inzwischen die Polizei, die einen Streifenwagen vorbeischicken will.

Eine dreiviertel Stunde später ist der immer noch nicht da. Meine Blase ist ununterbrochen im Drückmodus. Ich versuche, sie zu ignorieren und mache Fotos von den Fahrzeugschäden. Außerdem suche ich alle notwendigen Unterlagen zusammen, um nach längeren Warteminuten in der Telefonleitung meine Versicherung über den Vorfall zu unterrichten und eine Schadensnummer zu bekommen. Gerade als ich das Gespräch mit der netten Versicherungsfrau beende, die mich zum Schluss noch besonders freundlich auf eine voraussichtliche Beitrags-Höhereinstufung wegen meines Unfalls hinweist, hält ein

Polizeiwagen am Bordsteinrand.

"Wir haben schon alles geklärt", informiere ich den einen der beiden jüngeren Polizisten wahrheitsgemäß, nachdem der die Scheibe auf der Beifahrerseite herunterfährt. Die Dame von der Versicherung hatte mir zugesagt, dass ein Einschalten der Polizei nicht unbedingt notwendig sei, wenn sich die Unfallpartner einig wären.

"Dann brauchen sie uns gar nicht mehr?"

Ich schaue Herrn Lass fragend an.

"Also wegen mir nicht. Aber das muss Herr Lass entscheiden, glaube ich."

"*Wenn* sie uns brauchen, wird gegen den Unfallverursacher ein Bußgeld erhoben - oder gegen die Unfallverursacher*in*- ", teilt der junge Polizist milde lächelnd mit. "Sie müssen mir aber nicht sagen, wer von ihnen das ist."

Herr Lass überlegt kurz. Dann sagt er: "Eigentlich ist soweit alles klar. Ich habe ja ihre Schadensnummer. Außerdem ist doch bald Weihnachten. Und die Polizei hat bestimmt auch noch etwas anderes zu tun."

Ich schaue Herrn Lass und den netten jungen Polizisten überrascht an. Plötzlich ist mir, als stünden da zwei Weihnachtsmänner vor mir, die mir ein Geschenk machen möchten. In meiner Fantasie tragen sie statt Polizeiuniform und brauner Wildlederjacke rote Mäntel, schwarze Hosen, weiße Bärte und rote Mützen, während das Polizeiauto zum Schlitten mutiert und von zwei Rentieren gezogen wird.

"Also das ist ja sowas von nett. Von ihnen beiden", bedanke ich mich strahlend.

"Aber mich würde trotzdem noch interessieren, wie der Unfall eigentlich passiert ist." Ach herrje. Der eine der beiden Weihnachtsmänner verwandelt sich wieder in einen jungen Polizisten, springt hochmotiviert aus dem Auto und möchte sich von mir den Unfallhergang ausführlich erzählen lassen. "Ich kann ihnen ja eine kleine Skizze malen", bietet er eifrig an. In mir steigt leichte Unruhe auf. Kosten "kleine Skizzen" etwas? Aber hinter meinem heutigen ersten Adventstürchen scheint sich mehr zu verstecken als nur ein Schokotrüffel.

Nachdem der engagierte junge Polizist seinen ersten Skizzen-Entwurf durchgestrichen hat – "Ach neee, das ist ja der Unfall vor einer halben Stunde" – ist er mit seinem zweiten zufrieden. Dort sind P1 und P2 eingezeichnet, wobei P2 eindeutig die Unfallverschuldnerin sei, wenn man ihn denn fragen würde. Das mache ich mal lieber nicht.

Stolz überreicht der freundliche Polizist Herrn Lass sein Werk und steigt dann endlich wieder in sein Fahrzeug. Ohne Personalien aufzunehmen und einen behördlichen Vorgang aus der Unfallangelegenheit zu machen.

Ich unterschreibe Herrn Lass mit inzwischen vor Kälte steifen Fingern eine Erklärung, dass ich sein Fahrzeug beschädigt habe, fotografiere sie zusammen mit seinem Ausweis und bedanke mich nochmal herzlich für sein Entgegenkommen. Dann steigen wir beide in unsere Wagen und fahren los.

Ich stelle zum wiederholten Mal fest, ein absolutes Glückskind zu sein. Keine Verletzten bei dem Unfall. Kein Bußgeld. Alle Unterlagen für den Anruf bei der Versicherung parat. Ein verständnisvoller Unfallpartner. Ein entgegenkommender Polizist. Und das Allerbeste: eine Blase, die tatsächlich tapfer durchhält, bis wir zu Hause ankommen.

Wen interessiert da schon die kleine Höherstufung bei der Versicherung?

Auf dem Weihnachtsmarkt

Leise rieselt kein Schnee,
der Klimawandel tut weh.
Spür nur, wie warm es noch ist,
wenn du auf dem Weihnachtsmarkt bist.

Wieder wechselt bald das Jahr,
lange schon ist allen klar,
wenn's weitergeht wie bisher,
gibt's bald keine Zukunft mehr.

Was woll'n wir uns'ren Kindern sagen?
Wie soll'n sie das alles ertragen?
Was haben wir bloß hinterlassen?
Das ist doch alles nicht zu fassen.

Der Weihnachtsmarkt erstrahlt im warmen Licht,
warum leuchten wir bloß nicht?
Mit noch mehr Vorbild und guten Ideen,
lasst uns schnell neue Wege geh'n.

Wenn ein jeder etwas tut,
bekommt das dem Klima sicher gut.
Dann liegt vielleicht auch wieder Schnee,
wenn ich über den Weihnachtsmarkt geh'.

©Marie Meerberg

Inhaltsverzeichnis